ANTOLOGIA DE CONTOS BRASILEIROS

Quem conta um conto...

Alina Perlman

Giselda Laporta Nicolelis

Lourenço Diaféria

Lúcia Pimentel Góes

Coordenação

NELLY NOVAES COELHO

Ilustrações

KANTON

1ª edição

editora HARBRA

São Paulo • 2005

Direção Geral: Julio Emöd
Supervisão Editorial: Maria Pia Castiglia
Assistente Editorial: Sílvia Ricardo
Revisão de Texto: Maria Lúcia G. Leite Rosa
Revisão de Provas: Grasiele Favatto Cortez
Projeto Gráfico e Capa: AM Produções Gráficas Ltda.
Ilustrações: Kanton

Dados Internacionais de Catalogação na Publicação (CIP)
(Câmara Brasileira do Livro, SP, Brasil)

Quem conta um conto -- / Alina Perlman... [et al.] ; coordenação Nelly Novaes Coelho ; ilustrações Kanton. -- 1. ed. -- São Paulo : HARBRA, 2005.

Outros autores: Giselda Laporta Nicolelis, Lúcia Pimentel Góes.

"Antologia de contos brasileiros"
ISBN 85-294-0292-8

1. Contos – Coletâneas – Literatura infanto-juvenil I. Perlman, Alina. II. Nicolelis, Giselda Laporta. III. Diaféria, Lourenço. IV. Góes, Lúcia Pimentel. V. Coelho, Nelly Novaes. VI. Kanton.

05-0951 CDD-028.5

Índices para catálogo sistemático:
1. Contos : Antologia : Literatura infantil 028.5
2. Contos : Antologia : Literatura infanto-juvenil 028.5

ISBN 85-294-0292-8

Rua Joaquim Távora, 779 – Vila Mariana
04015-001 – São Paulo – SP
Tel. vendas: (0.xx.11) 5084-2403, 5571-0276 e 5549-2244 – Fax: (0.xx.11) 5571-9777
Tel. promoção: (0.xx.11) 5084-2482 e 5571-1122 – Fax: (0.xx.11) 5575-6876
Endereço eletrônico: www.harbra.com.br

Sumário

O que é "conto"?

Para você que inicia agora a leitura deste livro: boas-vindas! Saiba que você está entrando em um dos mundos mais antigos da Literatura de todos os tempos: *O Mundo do Conto*. Centenas de séculos atrás, nasceram, na Europa e em outros continentes, os contos maravilhosos e os contos de fadas, como *Cinderela, O Gato de Botas, Branca de Neve* e muitos outros, dos quais você deve se recordar bem.

No Brasil, os primeiros contos começaram a chegar com os portugueses que nos descobriram, em 1500; para cá se mudaram e, no decorrer de séculos, aqui plantaram as *sementes* de nosso povo. Você sabia que o nosso folclore – a nossa literatura de tradição oral – foi forjado com a mistura de contos populares, trazidos pelos portugueses, com os mitos e lendas dos indígenas que aqui viviam? Pois foi... Dessa mistura (somada também ao imaginário africano) nasceram as conhecidas figuras do Trancoso, do Malasarte, do Saci-Pererê e da Mãe d'Água, entre outras, que fazem parte de nosso folclore e, sem dúvida, lhe trazem ótimas lembranças.

Mas aqui, nesta antologia de contos brasileiros, em lugar de textos de tradição oral, foram reunidas narrativas que se difundem através da *escrita,* contando casos alegres ou tristes, muitos sérios ou de pura brincadeira, que poderiam ocorrer na vida real, comum, cotidiana e, em geral, familiares ao leitor. Narrativas que, ao nos fazerem rir e nos divertir, ao mesmo tempo dão lições de vida ou denunciam erros ou maldades que poderiam acontecer entre os seres humanos.

Como você verá, são contos bem *diferentes* entre si, mas todos eles guardam *semelhanças de estrutura* própria do gênero "conto": narrativa curta, que gira em torno de um só problema ou tema; poucos personagens; ambiente facilmente reconhecível; linguagem direta, objetiva, com frases curtas, orientando o leitor para a compreensão do principal problema da trama.

Vire a página e boa viagem pelos caminhos dos contos que o (a) aguardam...

BANCO

ALINA PERLMAN

A foto

Ninguém ia imaginar como aquela foto seria importante. Tereza chorando/rindo de alegria com a supresa de acordar sendo lambida pelo cachorrinho mais fofo do mundo. Aconteceu no dia de seu aniversário.

— Filha! Acorda, filha!

Ainda dormindo, Tereza ouvia de longe a voz do pai e sentia lambidas quentes em seu rosto. "Era o pai beijando molhado?!"

— Pára, pai! Quero dormir!

Ouviu a voz da mãe.

— Acorda, filhinha! Parabéns!

— Hmmm! Já é dia, mãe? Pára, pai!

E meio que entreabrindo os olhos, viu algo peludo, perto de seu nariz e não acreditou. Abriu os olhos, bem abertos, arregalados! A boca foi se abrindo para acompanhar os olhos. Bem grande. O queixo batendo no peito. O coração batendo no peito. Bem forte. Tentou fechar a boca para não deixar o coração sair, mas ela não parava fechada. E o som não saía. E os olhos arregalados não piscavam.

Era o que ela tanto queria. E, de repente, se pôs a chorar. De pura emoção. De uma alegria que não cabia dentro do peito, que fazia o coração disparar, escancarava a boca e arregalava os olhos que se encheram de lágrimas.

Foi quando a mãe não resistiu. Pegou rapidamente a máquina fotográfica e bateu a foto daquele momento mágico. O choro de felicidade de Tereza.

Nas mãos do pai, um cãozinho fofo abanava o rabinho e participava do encantamento dela.

Finalmente, Tereza foi se recuperando. Beijou e abraçou longamente a mãe. Beijou e abraçou longamente o pai. Estendeu as mãos para o filhote que pulou em seus braços. Beijou-o e abraçou-o longamente. E recebeu lambidas à vontade.

É bom demais, balbuciou. Eu queria tanto um cachorrinho... tanto, tanto. Mas achei que ia ganhar uma bicicleta. Esse é o melhor presente *do mundo*!

Tereza dançou em volta do cãozinho, pulou em volta dele, cantou para ele. Pegou o bicho no colo e o soltou para admirá-lo dúzias de vezes.

Chamou-o de Rex, de Toni, de Pimpão. De Otelo, de Bobi, de Faísca. De Coquinho, de Banzé, de Pepê. E escolheu, por fim, chamá-lo de Querido.

Os pais se entreolharam, curtindo junto com a filha o prazer que o presente de aniversário proporcionou.

Mamãe tirou mais fotos. Do cachorro, da filha, da filha com o cachorro, da festa que lhe deram aquela tarde, dos amigos, do bolo, dos parentes e da bicicleta. Sim, porque Tereza ganhou dos avós uma bicicleta lindona.

Ao revelar as fotos, a mãe emocionou-se novamente com o choro de Tereza e guardou na carteira a foto da filha chorando.

* * *

— Tereza! Vou dar um pulinho na padaria. Você quer alguma coisa?

— Quero ir com você, mãe, ainda não testei a bicicleta nova na rua. Posso?

— Pode sim, claro. Então me faça um favor. Pegue minha carteira que vou sem bolsa.

— É pra já! — respondeu a menina sorrindo.

Buscou a bicicleta na garagem, colocou a carteira da mãe no bolso da calça e subiu na bicicleta.

— Vou dar uma volta no quarteirão, mãe. Encontro você na padaria.

— Vá com cuidado, Te...

A menina já estava longe.

A mãe de Tereza comprou tudo o queria na padaria e começou a procurar a filha com os olhos. Esperou mais um pouco, olhou no relógio, começou a se preocupar. Largou as compras no balcão (até porque seu dinheiro estava na carteira, no bolso de Tereza) e pôs-se a andar pela calçada.

Bem depressa, quase correndo, deu a volta no quarteirão. Nada de Tereza. Ficou desesperada. Ligou para o marido no trabalho, ligou para a polícia. Deu uma volta no quarteirão. Nem sinal.

Voltou para casa com a esperança de encontrar Tereza lá, esperando por ela. Só encontrou a polícia à sua espera.

A mãe de Tereza começou a chorar. Não podia acreditar no que estava acontecendo. O pai chegou e a mulher se jogou em seus braços. Não conseguia dizer nada. O marido propôs nova volta no quarteirão. Foram no carro dos policiais. De repente, o pai gritou:

— A bicicleta! Olhem a bicicleta de Tereza caída ao lado do muro daquela casa amarela!

Era mesmo a bicicleta de Tereza. Mas... nada da menina.

Os policiais pediram calma, prometeram começar a investigação naquele mesmo instante, deixaram nomes e telefones para contato, tomaram nota de montes de detalhes sobre o jeito de Tereza, pediram fotos e depois se foram.

Os pais entraram em casa arrasados.

* * *

Tereza ouviu a mãe dizendo:

— Vá com...

E imaginou o fim da frase. Sorriu. Estava feliz. De bem com a vida. Ganhara de aniversário as coisas que mais desejava — Querido e a bicicleta. Que mais poderia querer?

Poderia pedir pra mãe deixá-la levar Querido para um passeio de bicicleta pelo bairro. Estava certa que ele iria adorar...

Assim, meio sonhando, meio pedalando, não prestou atenção e não viu a pedra bem na frente da roda dianteira. A bicicleta voou na direção de um muro e Tereza voou para a rua. Na queda, bateu a cabeça no meio-fio e ficou desacordada.

Voltou a si assustada, com alguém gritando em seu ouvido.

— Acorda, menina, acorda!

Tereza abriu os olhos, viu muita gente, não entendeu nada.

— Tudo bem, garota?

— Acho... acho que sim.

— Como você se chama?

— Onde você mora?

— Como foi que você caiu?

Tereza não conseguia responder a nenhuma dessas perguntas. Não *sabia* responder nenhuma dessas perguntas. Não se lembrava de nada.

— Qual é seu nome, filhota? – perguntou uma senhora de rosto gentil e cabelos muito brancos.

— Eu, eu... ai! Eu não sei...

— Fique tranqüila. Logo você se lembra. Você sabe onde é sua casa?

— Não.

— E sua mãe? Onde está?

— Não sei não senhora. Não me lembro. Tá tudo branco. Tudo rodando.

— Não se preocupe. Vamos ver o que você tem nos bolsos. Pode haver alguma pista.

Tereza procurou e encontrou a carteira no bolso da calça. A senhora simpática abriu a carteira e tirou de dentro tudo que ela continha: um pouco de dinheiro, um cartão de visita e uma foto.

Tereza pegou a foto — era a fotografia dela chorando.

— Essa sou eu?

— Parece que sim, respondeu a senhora, meio sem graça. Mas aqui tem um cartão de visita de alguém chamado Nair. Será esse o nome da sua mãe?

— Nair? Nair? Não sei... Tereza não tirava os olhos da fotografia. Por que será que ela estava chorando?

A senhora gentil resolveu levar a garota para sua casa. Deu-lhe um copo de leite, biscoitos, fez de tudo para acalmá-la.

— Você deita na minha cama, descansa um pouco. Enquanto isso, vou ligar para o telefone impresso no cartão, ver se é da sua mãe e pedir para que ela venha lhe buscar. Fique bem sossegada. Já, já ela vem. Já, já você vai se lembrar de tudo.

A senhora, que disse se chamar D. Dulce, deitou Tereza sobre sua cama e foi telefonar.

Tereza não largava da foto. "Por que é que eu estou chorando? Será que apanhei? Será que doeu? Será que a minha mãe me maltrata? Será que ela é ruim? Por que tinha na carteira esse retrato?... eu não quero voltar pra casa... tenho medo... e se ela me bater? E se ela ficar zangada por eu não lembrar de nada? Eu acho que não quero que ela me encontre aqui. D. Dulce que me perdoe, mas eu vou embora..."

Abriu a porta do quarto devagarinho, encontrou um corredor que a levou até a porta principal da casa e saiu bem quieta, escutando D. Dulce dizer ao telefone:

— Por favor, é da casa da D. Nair?

Logo que saiu da casa de D. Dulce, Tereza pôs-se a correr. Queria distância da mãe, queria distância de quem pudesse encontrá-la. Depois de muita corrida, parou para tomar fôlego. Olhou novamente a foto.

"Pobre de mim", pensou. E colocou a foto no bolso.

Andou por muito tempo a esmo. Não sabia onde estava. Não sabia para onde ir. Não sabia o que fazer.

Sentou-se na mureta de uma sacada, desanimada da vida e levou o maior susto quando um menino apareceu e perguntou:

— Quer alguma coisa? O que é que você está fazendo aí, hein? Vou chamar a minha mãe!

— Não, não chame. Eu já estou indo. Não quero nada, nem sei quem sou.

— Como não sabe quem é? — quis saber o menino com os olhos para lá de arregalados.

— Não sei. Não lembro. Não lembro nem o meu nome. D. Dulce disse que eu devo ter caído e batido a cabeça. Ela está procurando a minha mãe, mas eu não quero que ela me ache. Eu estou fugindo dela.

— Fugindo? Fugindo da sua mãe? Então você se lembra dela. O que foi que ela fez? Quem é D. Dulce?

— O que ela fez? Não sei. Não lembro. Mas deve ter feito alguma coisa. Olha...

E mostrou a foto dela chorando.

— Por que você está chorando? Quem lhe deu essa foto? E quem é D. Dulce?

— D. Dulce me achou na rua. A foto estava numa carteira no meu bolso, junto com um dinheirinho e um cartão que a D. Dulce acha que é da minha mãe. E eu não sei porque estou chorando. Mas pode ser que a minha mãe tenha me batido...

— Você até que está bonitinha nesta foto. Não parece que está sofrendo... E pode ser que a sua mãe nem seja tão ruim. Pode ser que esta foto tenha sido tirada em um dia em que você estava chorando de dor de barriga depois de comer qualquer porcaria...

— Você acha, é? Pois eu acho que eu não como porcaria, que ninguém fotografa alguém com dor de barriga e que você entende nada de nada!

— Tá bom, então. Eu vou lá pra dentro. Tchau!

— Não. Não vá. Desculpe. Talvez você tenha razão... E agora? Eu não sei onde a D. Dulce mora, não sei onde *eu* moro, não sei meu nome. Só sei que pode ser que a minha mãe se chame D. Nair. Tava escrito Nair no cartão de visita que ficou com a D. Dulce.

— Acho melhor chamar a minha mãe.

— Ela é legal? Ou ela é má como a minha mãe?

— Quer parar com isso? Você *não sabe* se a sua mãe é má ou não. A minha mãe é legal e, quem sabe, ela pode lhe ajudar.

— Tá bem, chama sua mãe.

* * *

Em sua casa, D. Dulce falava ao telefone...

— D. Nair... a senhora tem uma filha que sumiu?

— Tenho! Tenho sim! Quem está falando? A senhora achou minha filha? Achou? Ou a senhora seqüestrou minha filha?

— Calma, minha senhora. Eu *achei* a sua filha – respondeu D. Dulce, feliz.

Explicou a história toda e deu o endereço. D. Nair desligou o telefone imediatamente.

D. Dulce saiu depressa para o quarto querendo contar a boa notícia para a menina e descobriu que ela desaparecera.

Quando D. Nair chegou com o marido logo em seguida, D. Dulce os esperava na porta.

— Sinto muito ter que dizer isso, mas a filha de vocês sumiu.

— Como assim?

— Assim mesmo. Eu dei algo para ela comer e beber, coloquei-a sobre a minha cama e disse que ia tentar encontrar a mãe dela pelo nome e telefone do cartão. Só isso. Nunca imaginei que ela fosse embora. Se bem que...

— Se bem quê? — perguntaram os pais de Tereza ao mesmo tempo.

— Na carteira que encontrei no bolso de sua calça tinha uma foto dela...

— A foto que eu tirei no dia do aniversário de Tereza.

— Tereza. Que lindo nome... Bem, ela não largou da foto um minuto sequer. Parecia querer entender o que significava, olhava para ela com medo nos olhos. Me parece que ela não gostou de se ver chorando na fotografia...

— Mas ela estava chorando de felicidade! Meu marido e eu demos um cachorrinho para ela de presente de aniversário e ela se emocionou. Achei tão linda a reação que tirei um retrato para gravar o momento! E agora, meu Deus? Como vamos encontrá-la?

* * *

A mãe do menino escutou toda a história de Tereza.

— Sabe o que eu acho? Acho que o Ricardo tem razão e fez bem em me chamar. Acho que a sua mãe deve estar desesperada com a sua ausência. Mãe que bate na filha não liga pra ela, não tira retrato e leva na carteira. Eu acho que a sua mãe gosta de você pra caramba e que a gente deve descobrir onde ela está. E logo. Mas como?...

* * *

O pai de Tereza teve uma idéia:

— Vamos mandar fazer uns folhetos e distribuir pelo bairro?

* * *

A mãe de Ricardo teve *a mesma* idéia:

— Que tal espalhar folhetos pelo bairro? Tem gente que faz isso quando perde um bichinho de estimação... e nós encontramos um!

* * *

O folheto que o pai de Tereza bolou ficou assim:

Procura-se Tereza.
Menina bonita e simpática de longos cabelos negros.
Perdeu-se a caminho da padaria usando jeans e camiseta branca.
Pais inconsoláveis. Cachorrinho doente.
Gratifica-se bem.
Ligar para 888-7777

O folheto da mãe de Ricardo ficou assim:

Menina encontrada.
Bonita, morena, de cabelos longos.
Trajando jeans e camiseta branca.
Não se lembra de nada.
Ligar para 777-8888

Os pais de Tereza receberam dezenas de telefonemas. Montes de pessoas interessadas na gratificação e sem noção sobre o paradeiro da garota.

Uns poucos até tentaram ameaçar, dizendo que haviam levado a menina, mas que só a devolveriam após o pagamento da gratificação. Esses ouviam a mesma frase:

— Diga apenas o que Tereza carrega no bolso.

Alguns desligavam imediatamente, sentido-se descobertos; outros chutavam respostas:

— Um lenço.

— Uma chave.

— Um pente.

— Uma foto dos pais — disse o que chegou mais perto da verdade.

A mãe de Ricardo também recebeu muitas ligações.

De gente procurando criança para adotar, de um lojista procurando balconista, de uma mulher querendo contratar arrumadeira, de um rapaz atrás de namorada e de algumas pessoas que deixaram a mãe do menino em dúvida.

Para esses ela perguntou:

— Você sabe o que a menina carrega no bolso?

Valia a resposta "foto dela chorando" ou "uma carteira" que a garota explicara ter no bolso quando foi encontrada por D. Dulce e com a qual D. Dulce ficara.

As respostas, embora variadas, ficaram distantes da correta.

Uma moça, porém, disse "uma carteira", o que fez o coração da mãe do menino bater mais rápido. Só que a descrição do conteúdo da carteira não batia com a da garota.

— Moedas, uma bala, uma nota de 10 reais, falou com convicção.

— Que pena! Adoraria que a resposta fosse correta!

— Não desligue. Ela pode ter chupado a bala, gasto o dinheiro ou qualquer coisa assim...

A mãe de Ricardo convidou Tereza pra ficar em sua casa até que seus pais fossem encontrados. Tinha fé que tudo ia dar certo.

* * *

Os pais de Tereza contataram um conhecido e, por intermédio dele, conseguiram aparecer em um programa de televisão. Contaram ao apresentador o drama pelo qual estavam passando, mas não mencionaram a foto. Tinham medo de ser enganados por algum malandro.

Por sorte, Ricardo tinha acabado de ligar a TV.

— Manhê! Corre aqui!

A mãe assistiu a entrevista engolindo o choro, anotou o telefone dos possíveis pais da menina que abrigava em sua casa ("Tereza... que lindo nome", pensou) e aguardou apenas um tempo para que eles pudessem chegar em casa após aparecer no programa.

— Alô! É a mãe da Tereza?

— Si-sim... quem é?

— Eu acho... pode ser que eu tenha encontrado sua filha...

— E sabe me dizer o que tem no bolso dela? — perguntou — D. Nair, automaticamente.

— Uma foto...

— É ela! Queira Deus que seja ela!

— A senhora pode me descrever a foto? Perguntou a mãe de Ricardo não querendo, por sua vez, ser enganada.

— Uma foto dela própria... respondeu D. Nair, reticente, temendo uma armadilha.

— Pode me descrever a foto? — perguntou novamente a mãe de Ricardo.

— Eu gostaria que a *senhora* fizesse isso. Estou muito machucada para me animar à toa.

— Bem..., — hesitou... — é um foto fora do comum...

— Como assim, fora do comum? — quis saber D. Nair, com o coração lhe saindo pela boca.

— Não sei bem... talvez ela esteja triste, ou sofrendo...

— Ela está chorando! — exclamou D. Nair sem poder se conter mais. — Mas é de alegria! Da emoção de ter ganho o presente que mais queria na vida! Por favor, qual é seu endereço?

* * *

Tereza, poupada por Ricardo e pela mãe dele, não foi nem avisada da vinda de seus prováveis pais.

E, de repende, ao sair da cozinha a caminho da sala, deparou com eles vindo em sua direção. Assim, sem mais nem menos, começou a recuperar a memória.

— Mãe! Pai! Que bom ver vocês! Nossa, estou tão confusa! Parece que estou acordando de um sonho superesquisito...

— Tereza, meu amor!

— Ah! É Tereza! Vocês acreditam que eu não estava conseguindo me lembrar do meu próprio nome?

— O que é isso na sua mão, meu anjo?

— É... que engraçado! É a foto que você tirou, mãe, quando eu chorei ao ganhar meu cachorrinho! O que é que eu estou fazendo com ela? O que foi que aconteceu comigo?

Os pais de Tereza, depois de muitíssimos agradecimentos, levaram a filha para casa e, entre abraços e beijos, contaram-lhe tudo que havia se passado desde o momento em que saíram para a padaria. Mais tarde, convidaram D. Dulce, Ricardo e a mãe dele para a macarronada do domingo.

Foram todos recepcionados por Querido, que, feliz, abanava o rabinho e latia.

— Eu não disse, boba, que a sua mãe não devia ser tão malvada assim? — falou o menino.

— Não é estranha a viagem que a gente pode fazer só olhando para uma fotografia? A imaginação leva a gente por caminhos muito loucos... comentou D. Dulce.

Então, para desfazer qualquer mal entendido, o pai de Tereza foi buscar a máquina fotográfica e D. Nair tirou uma foto da filha dando o maior sorriso!

Feitiço contra o feiticeiro

Dioguinho era um cabra famoso nascido numa cidade boca de sertão. Criado em família religiosa, depois de moço desandou na vida, virou jagunço temido a serviço de coronéis. Se mandavam matar, matava. Tempos de política brava, as disputas se resolviam à bala.

Aproveitando a chance, quando chegava a uma cidade para cumprir a "tarefa", dava uma geral, pilhando tudo o que pudesse levar. Quando Dioguinho aparecia, a cidade ficava à sua mercê — ele e seus cabras, montados a cavalos, armados até os dentes, eram uma espécie de bárbaros; por onde passavam não sobrava nada. E os moradores ainda ficavam felizes de terem preservado a própria vida.

Certa cidadezinha era igual a tantas outras: ruas de terra, a poeira vermelha cobrindo tudo quando passavam os cavaleiros, os mesmos velhos tomando sol sentados na praça da matriz, onde as crianças brincavam sob os olhos cuidadosos das mães, e a banda tocava no coreto todo santo dia. Além da igreja, tinha um grupo escolar, um clube recreativo, várias lojas de mantimentos e ferramentas, açougue, padaria, farmácia e alguns botequins.

A cidade também já fora alvo da fúria de Dioguinho e seu bando. Chegavam, na surdina, misturados a outros inocentes cavaleiros. De repente, dado o sinal pelo chefe, colocavam lenços nos rostos, empunhavam as armas que traziam escondidas e começavam o "serviço": matar, saquear, até mesmo raptar mulheres. Ai de quem ousasse encará-los ou desobedecer às suas ordens. Morte na certa.

BLÉIM!
BLÉIM!

Um belo dia, quando Dioguinho chegou na tal cidade, fanfarrão como sempre, montado no seu cavalo baio, acompanhado de seus cabras, um sino desandou a tocar desatinado, lá na torre da igreja matriz — como um exército bem treinado, as mulheres passaram as tramelas nas portas e janelas, se esconderam até debaixo das camas com os filhos, e os donos de lojas trancaram as portas e se enfurnaram atrás dos balcões. Até os bebês pararam de mamar e as pombas da praça voaram aturdidas, ante o alvoroço.

Não que adiantasse muito. O bando era constituído de cabras safados, sem a menor consciência. Não custava meter bala numa porta ou janela. Mas a confusão dificultou a coisa, e muita gente foi salva de ser pilhada e houve até um cara, jurado de morte por um coronel, seu desafeto, que conseguiu escapar ileso, se jogando dentro de um poço seco; quebrou as pernas mas salvou a vida!

O engraçado da coisa é que o Dioguinho, o bandido mais temido das redondezas, gostou do sucedido: aquela história de sino tocando, o povo correndo, as portas e janelas se fechando, as pombas voando, como se ele fosse um Átila tupiniquim, fez um bem danado para o seu orgulho de cabra-macho. Aquela cidade ficou marcada na sua memória, e, embora fosse um lugar pobre, e ele nem tivesse conseguido matar o desafeto[1] do coronel, ele prometeu que voltaria — aquele sino bimbalhando era o coroamento de sua carreira, uma verdadeira glória!

Quando ficava de teto baixo, por problemas de amor ou cansaço da vida, chamava a cabraiada e dava a ordem:

— Toca pra cidade do sino!

— Pra quê? — ousou uma vez perguntar o seu lugar-tenente. — Cidade pobre, Dioguinho, a gente passou o maior vexame por lá, nem conseguiu fazer o serviço encomendado...

---

1 Inimigo.

Nem acabou de falar, caiu morto com um tiro certeiro na testa. Quem foi promovido no seu lugar, nunca mais se atreveu a discutir a ordem do chefe.

Foi assim por algum tempo, até que, um dia, entrando na tal cidade, ereto no seu cavalo baio, pronto pra colocar o lenço no rosto, os cabras atrás dele esperando a ordem de comando, Dioguinho parou, afinando os ouvidos: nem sinal do sino, um silêncio de doer seu coração de bandoleiro...

Apeou, decidido, deu a ordem pra cabraiada:

— Me esperem aqui que já volto!

Entrou no botequim da praça, cabeça erguida, posudo. O dono se apressou a atender um freguês tão distinto, bem-vestido, pinta de coronel:

— O que vai ser, cavalheiro?

— Bota aí uma talagada da melhor branquinha que você tiver.

— É pra já.

Dioguinho, enquanto bebia, elogiou:

— É das boas.

— Feita aqui mesmo no engenho dos Fonseca. O senhor veio pra ficar ou está só de passagem? — o outro puxou prosa.

— Passagem — responde Dioguinho e continuou, interessado: — Cidade maneira, não? É sempre calmo assim por aqui?

O dono do botequim se debruçou no balcão, olhou pra todos os lados e, depois de se benzer, contou:

— A não ser quando aquele condenado do Dioguinho aparece por aqui com os seus cabras safados...

— ... Ah, é? (os olhos do bandido agora brilhavam). Já ouvi falar. Mas o cara mete medo mesmo?

— Nem me fale! (o outro se benzeu novamente) — O senhor nem queira saber. Mata, pilha, rapta mulheres, um verdadeiro horror! Mas de uns tempos pra cá melhorou um pouco, não sabe?

— Sei, não, me conte.

O outro não se fez de rogado:

— Pois é, um dia apareceu aqui um sujeito com a cara toda marcada de bexiga[2] e manco, dizendo que tinha sido cabra do bando do Dioguinho, e foi abandonado por eles quando ficou estropiado por uma bala perdida...

— Não me diga.

— Pois digo mais. Ele contou que era irmão-de-leite do Dioguinho e conhecia bem o excomungado — continuou o outro, feliz de um freguês tão distinto se dispor a ouvir a sua história. — E até propôs, acho que para se vingar da traição, e por um salário mixuruca, a ficar de vigia na torre da igreja matriz. Quando o malfadado chegasse, com a cabraiada, antes de cobrir o rosto com o lenço, ele o reconheceria e daria um aviso, tocando o sino...

O freguês parecia muito interessado na história:

— E deu certo?

— Até certo ponto, deu. Aquele filho de um cão sempre volta, mas de qualquer forma dá tempo da mulherada se trancar em casa, e a gente tentar fechar as lojas... diminuiu o prejuízo, e se pode ter um pouco de sossego. Sino calado, nem sinal do bandoleiro...

— Como hoje.

— Como hoje.

— Trato bom. Só não pode dormir no serviço, não é? — comentou, irônico. Depois pediu: — O senhor tem papel e lápis?

— Tenho sim.

— O dono do botequim, curioso, viu quando o freguês escreveu um bilhete. Depois, entregou a ele, junto com um patacão de ouro, dizendo:

— O senhor me faria o grande favor de entregar este papel pro sineiro?

---

[2] Varíola.

— Será que ele sabe ler? — perguntou o dono do botequim, sem entender o que um homem tão fino podia querer com aquele andarilho, sem eira nem beira.

O outro riu pela primeira vez:

— Ah, garanto que sabe. A gente até estudou junto no grupo escolar.

Agora, ressabiado, o outro ainda falou:

— Com o maior prazer, só não tenho troco pra esse patacão, me desculpe.

— Fique com o troco pelo serviço e passe muito bem. Gosto muito da sua cidade, sabia?

Saiu pisando duro. O dono do botequim foi até a porta, espiou pra fora, e, então, ficou gelado. Em frente, um bando de cabras, já de lenço no rosto, se perfilava, armado até os dentes. O freguês montou num cavalo baio e deu a ordem:

— Vam'bora, cabraiada, que hoje a festa perdeu a graça!

Os outros nem discutiram; dispararam a galope atrás do chefe. Lívido de pavor, o dono do botequim só criou coragem de ler o bilhete quando o coração parou a batedeira e a poeira vermelha já assentava no chão. Nele estava escrito:

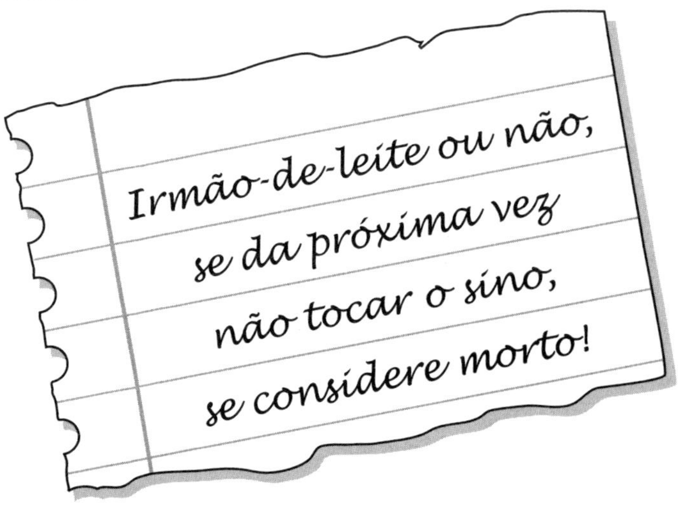

As aparências enganam

Dia de visitar os parentes mortos no cemitério. Donana, como sempre fazia, convidou a afilhada Mariquinhas, quinze anos, espevitada e medrosa. A mocinha detestava aquelas visitas, mas fazer o quê, a mãe, comadre de Donana, exigia:

— Deixe de besteira, menina, e faça companhia para a sua madrinha.

Além de tudo, Donana tinha uma mania, sei lá, costume antigo, de se vestir de branco quando fazia a visita rotineira. E exigia que, por respeito, Mariquinhas fizesse o mesmo.

Lá foram as duas, depois do almoço e da sesta, em direção ao cemitério. Ficava na periferia da cidade, a uns três quilômetros de terra batida, na avenida das mangueiras, por onde passavam até boiadas vindas de outras cidades.

Chegaram acaloradas ao cruzeiro em frente ao cemitério e adentraram o imenso portão de ferro. Donana já tirava do bolso o terço que iria rezar em frente de cada túmulo.

A romaria começava pelo dos pais, depois os dos sogros, e assim ia, um nunca acabar de campas de parentes, há muito ou pouco falecidos, enfeitadas com flores de papel que duravam mais porque obviamente não murchavam, apenas ficavam cobertas da implacável terra vermelha.

O tempo foi passando e Donana só rezando... Mariquinhas de vez em quando olhava pro céu, de olhos no sol — quando escurecia, lá pelas seis horas, o imenso portão do cemitério seria fechado pelo zelador.

— Que tanto olha pra cima, menina? — reparou Donana, dando uma pausa à sua reza. — Se preocupe, não, esqueceu? O zelador, antes de fechar o portão, toca um sino...

Mariquinhas ficou mais aliviada. O zelador era muito velho, mas um sujeito devotado ao serviço, de longe se ouvia o sino tocando. Respirou fundo e acompanhou a madrinha na sua peregrinação...

A tarde foi caindo e Donana rezando. Mas como o sino não tocava, ainda devia ser cedo, conformava-se a afilhada.

Acontece que, nesse exato dia, Sinfrósio, zelador do cemitério, teve uma dor de dente daquelas de enlouquecer um sujeito. E, para seu infortúnio, o único dentista da cidade era também condutor de tropa de burro. Quando saía pra estrada, só voltava depois de quase um mês. Os clientes que se virassem sozinhos...

Agoniado com a dor de dente, que o acometia desde o dia anterior, fazendo com que passasse a noite em claro, Sinfrósio tentou de tudo: óleo de cravo comprado na farmácia, bochecho com água morna e salgada, compressa quente. Que nada! O maldito dente latejava, a dor excruciante o atormentava sem lhe dar trégua um minuto sequer.

No final do dia, já desesperado, e não vendo visitante nenhum pelas vizinhanças, resolveu fechar mais cedo o portão do cemitério e ir tomar um porre no primeiro botequim que encontrasse. Quem sabe assim se livrava daquele suplício do inferno. Saiu tão agoniado que esqueceu de tocar o sino.

Lá pelas tantas, o céu já quase escuro, Donana terminou a rezação e convidou Mariquinhas para irem embora para casa. A menina ainda comentou, meio ressabiada:

— Por que será que o sino não tocou, madrinha?

— Vai ver escureceu mais cedo, ainda não é hora de fechar o cemitério, se preocupe não.

Apressadas, porque ainda tinham de andar uns quilômetros até chegar na cidade, dirigiram-se ao portão. Qual não foi o espanto ao darem com ele trancado!

A hipótese de terem que passar a noite ali no cemitério foi tão aterradora que, tomadas de pânico, se puseram a gritar, desesperadas, sacudindo o malfadado portão...

Ao longe, enxergaram um homem a cavalo, que vinha, distraído, naquela direção. Certas de que seriam salvas, começaram a acenar e a gritar ainda mais alto.

O homem olhou, olhou, viu os dois vultos de branco acenando para ele, e, mais assustado que elas, esporeou o cavalo, fugindo a galope, na direção contrária.

Ao pânico, sucedeu a histeria. Agora berravam, arrancando os cabelos... o portão era altíssimo, e as saias compridas que usavam tornavam impensável a escalada.

Uma turma de moleques jogava futebol no campinho ao lado. Entre eles, o Zequinha, moleque endiabrado, filho de Donana, que vivia escapando do grupo escolar pra jogar bola com os amigos. Levava cada coça, mas não endireitava. Ao ouvir os gritos, comandou a molecada alvoroçada:

— Vamos lá, gente, que tem alma penada no cemitério!

Escalaram o enorme muro com a maior facilidade. Ao dar com Donana e a afilhada, aos berros, o Zequinha caiu na gargalhada:

— Só podiam ser essas duas tontas, a minha mãe com a Mariquinhas!

Logo mais os moleques, não se sabe como, descolaram uma enorme escada e as duas, recolhendo as saias compridas, subiram até o alto do muro... encarapitadas lá no alto, queriam morrer de vergonha, sob os apupos[1] da garotada. A duras penas conseguiram descer no lado de fora e voltaram para casa.

Mas o constrangimento não parou aí...

O tal cavaleiro, que fugira a galope, chegara na cidade, pálido e quase sem fôlego, de tanto susto. Apeando na farmácia, depois de um copo d'água, avisou o farmacêutico, atônito, que estava nesse estado por causa de duas almas penadas que o chamavam lá no portão do cemitério.

---

1 Vaias.

A notícia correu a cidade como um rastilho de pólvora a que se ateasse fogo. Num instante, formou-se um bando de cavaleiros que disparou até o cemitério para conferir a notícia. Junto foi o fotógrafo oficial da localidade; apesar de desconfiar que fantasma não sai em fotografia, não custava tentar, não é?

Enquanto isso, Sinfrósio, lá na porta do botequim, já meio chumbado de tanta pinga que havia tomado pra se livrar do tormento da dor de dente, viu passar o bando de cavaleiros a galope e perguntou pro botiqueiro:

— O que tá acontecendo, compadre?

— Fantasma no cemitério! — explicou o outro que só não fora junto para não largar o botequim sozinho.

— Diacho! — comentou Sinfrósio, a lembrança aflorando à mente conturbada. — Justo no dia que eu esqueço de tocar o bendito sino aparece alma penada? É tudo culpa daquele condenado. Onde já se viu ser dentista e tropeiro ao mesmo tempo?

Se ficar o bicho come, se correr o bicho pega...

Zequinha era filho único e mimado. Talvez por isso fosse meio medroso, sentimentos à flor da pele. O pai, ultrajado com tanta fragilidade do menino, debitava isso aos mimos da mãe:

— Não se cria filho macho dessa maneira, mulher! Tem de ser mais corajoso, para depois saber enfrentar a vida...

A mãe pensava diferente mas, cansada de ouvir a cantilena, e para agradar ao marido, propôs que nas férias o menino viajasse para outra cidade e ficasse um mês na casa da tia, sua irmã. Esta parira dois moleques endiabrados que trazia na rédea curta, mas a duras penas.

O pai concordou, aliviado. Já pensou, seu único filho homem crescer sensível daquele jeito, todo cheio de tremeliques? Já até imaginava o que diria o povo...

Mala pronta, depois de mil recomendações maternas, lá foi Zequinha para a casa da tia; viajou de trem com o pai, que, atarefado, voltou no dia seguinte.

Os dois garotos receberam o primo com curiosidade e logo perceberam que ele era uma flor de estufa. Crédulo[1], inocente, acreditava em tudo o que eles contavam. Então imaginaram uma forma certeira de atormentá-lo durante o tempo em que ele passasse como hóspede na casa deles.

---

[1] Aquele que acredita com facilidade em qualquer pessoa.

Havia por ali uma figura típica, dessas comuns em cidades pequenas: uma pobre andarilha e já muito velha que, todas as tardes, chovesse ou fizesse sol, aparecia, vinda de não se sabe onde, saco de estopa nas mãos, batendo de casa em casa, onde angariava[2] donativos, desde comida até roupas usadas ou trastes dos quais as pessoas queriam se desfazer.

Certa vez, alguém querendo impor medo a um filho rebelde, inventou que a andarilha roubava crianças desobedientes e as colocava dentro do saco... Alguém mais inventivo deu mais sabor ao boato, acrescentando que a velha era uma bruxa: as crianças que ela apanhava desprevenidas eram depois colocadas em um caldeirão fervente, misturadas a cinzas pra fazer sabão.

Brincadeira ou não, a história criou raízes e virou lenda — alguns até acreditavam nisso, mas a maioria levava na gozação. Entre estes, os endiabrados primos do Zequinha, que mais de uma vez foram ameaçados pela mãe de serem levados pela velha do saco, mas, espertos, desconfiavam que aquilo não passava de lorota.

Quando Zequinha chegou para passar as férias, eles tiveram certeza de que aquilo seria a coisa ideal para atormentar o crédulo menino. Não demoraram em contar a história para o primo que, apavorado, acreditou em cada palavra.

Às vezes, quando estavam brincando na frente da casa, percebendo que a andarilha despontava lá no fim da rua, um deles gritava, fingindo pavor:

— Corre, Zequinha, senão a velha pega você e enfia dentro do saco!

Ao que o outro concluía, sádico:

— E você vira sabão dentro do caldeirão!

Crédulo, Zequinha corria pra dentro da casa, enquanto os primos tratavam de trancar a porta. E ficava espiando pela janela, enquanto a velha passava... Às vezes, ela até batia na porta. Aí, ele se trancava no quarto, tremendo, até ter certeza de que a mulher já fora embora.

2 Conseguia, pedindo.

Quando sentiram que o primo estava suficientemente apavorado com a tal história, os primos resolveram dar o xeque-mate.

Certa vez, em que brincavam na rua e a velha surgiu, arrastando o saco de estopa, eles não avisaram Zequinha que, distraído, fazia embaixadas com a bola — então, se trancaram dentro de casa, abandonando o primo sozinho.

A velha foi se aproximando, como sempre, até que o menino se deu conta da sua presença — tomado de pânico, atirou-se para a porta da casa, mas deu com ela trancada. Começou a gritar, enquanto esmurrava a porta, pedindo socorro, enquanto os primos, do lado de dentro, se torciam de tanto rir...

A velha percebeu aquele garoto tão bonito gritando desesperado. Era uma pobre mulher solitária que gostava de crianças, e, condoída com aquilo, quis saber o motivo de tanto desespero.

Mas, à medida que ela chegava perto dele, o menino mais gritava — já saía até sangue dos pequenos punhos que esmurravam a porta.

A mulher então lembrou que dentro do saco de estopa estava um brinquedo velho que alguém lhe dera aquela manhã. Sorridente, abriu o saco para tirar o brinquedo e tentar acalmar o garoto.

Aí foi demais para o Zequinha que, no auge do pavor, revirando os olhos, caiu em convulsão sobre a calçada, na mesma hora em que, atraída pelos gritos, a tia abria a porta da casa.

Zequinha ficou dois dias em observação, internado na Santa Casa de Misericórdia. Por sorte, foi confirmado que a causa da convulsão fora realmente o susto. Chamados às pressas, os pais trataram de levá-lo o quanto antes para longe dos primos sádicos, os quais, por sua vez, levaram a maior coça[3] da vida deles, que até deixou vergão.

---

[3] Surra.

A velha do saco, causa inocente de tudo, por sua solidariedade em acudir o menino, virou cliente certa. Semana sim, semana não, passava para recolher donativos.

Tempos depois, já homens feitos, pais de filhos, quando se encontravam em festas familiares, os irmãos ainda tiravam sarro do primo, murmurando à socapa[4], entre dentes, enquanto o outro os fulminava com o olhar:

— Lembra a velha do saco, Zequinha?

4 Disfarçadamente.

LÚCIA PIMENTEL GÓES

Macaquices e enganos

Dentre as mil e uma histórias trágico-cômicas, guardadas pelo imaginário popular, há uma que recordo sempre com muito gosto, devido à divertida mistura entre a aparência e a verdade. Trata-se das aventuras de um macaco muito especial, criado como curiosidade rara, em um palácio. A história é esta:

Em tempos muito, mas muito antigos, havia um duque, cujo palácio era dos mais faustosos da região e que se notabilizava pela coleção de preciosidades, excentricidades ou curiosidades, que ali foram reunidas pelo fidalgo. Entre elas, havia um grande, vistoso e esperto macaco, que surpreendia a todos pela perfeição com que imitava os humanos e, ao mesmo tempo, fazia mil diabruras que muito os divertia. E como ele sempre mostrou muito boa índole, nunca ameaçando ninguém, foi-lhe permitido andar à solta pelo palácio.

Durante bastante tempo usou sua liberdade explorando todos os inúmeros salões, salas e ambientes do palácio. Como sempre, seu ótimo comportamento foi premiado e o duque deu-lhe licença para andar pelas redondezas do palácio, visitando diariamente os bairros próximos.

Foi assim que o Macaco ficou conhecendo os demais moradores do lugar, sendo por todos bem recebido, não só para agradar o Grande e Nobre Senhor, mas também pelos seus próprios méritos.

Foi assim que o Macaco se tornou grande freqüentador da morada de uma nobre senhora, já idosa, Dona

Derdúllia, que se divertia imenso com suas macaquices e o deixava completamente à vontade na casa, como se fosse o seu cãozinho preferido. Os dois filhos da senhora, já homens feitos, também recebiam com gosto e afabilidade o Macaco visitante, chegando a disputar, entre si, a preferência do símio.

O macaco sentia-se tão bem com eles, que já quase não visitava os demais amigos, embora continuasse muito fiel ao duque, voltando todas as noites para o palácio. Os dias corriam calmos e sem mudanças, até o momento em que a velha senhora adoeceu e a cada dia mais fraca, já não podia deixar o quarto. Seus filhos e parentes a cercavam de cuidados e ministravam cuidadosamente todos os remédios aconselhados pelos médicos. E para alegrá-la, algumas vezes levavam o macaco para fazer-lhe companhia e distraí-la com as suas macaquices, fazendo-a esquecer-se um pouco de seus males.

Guloso como todos os macacos e adorando receber as guloseimas que lhe davam, o macaco tornou-se visita freqüente no quarto da velha senhora doente. Até que, vencida pela enfermidade, somada à sua avançada idade, a nobre senhora faleceu. Como era cristã devota, foram realizadas as cerimônias fúnebres, de costume. Por acaso o Macaco estava presente nesse momento de dor. Mas na confusão do acontecido ninguém deu por ele, que por ali ficou, curioso, observando atento o vai-e-vem das pessoas, os preparativos das cerimônias fúnebres e os últimos ofícios pela morte. A Santa Irmandade realizou o cerimonial costumeiro, cantou os hinos e o corpo da falecida foi amortalhado no caixão. Em seguida, um cortejo acompanhou o caixão para a igreja da freguesia mais próxima.

A tudo o Macaco estava atento. Ficando sozinho, comeu quantos bolos teve vontade; bebeu do vinho que o deixou um pouco mais alegre do que de costume; passou a mexer nas gavetas e nas caixas que encontrava e ia espalhando pelo chão todo seu conteúdo. Foi até o quarto da falecida e procurou imitar a velha amiga, enrolando-se nas roupas que ali encontrou, inclusive cobrindo a cabeça com o lenço, tal qual ela usava. Em seguida, deitou-se na cama e tão parecido ficava com a velha senhora, que até o médico poderia confundir-se e pensar que aquele corpo ali enrolado era o da falecida.

Cansado, o Macaco ali ficou e acabou dormindo até que os criados entraram no quarto para arrumá-lo e, dando com aquela cena, fugiram espavoridos, na certeza de que ali estava de novo o corpo ou a alma da velha senhora.

Os filhos e parentes da falecida voltavam da igreja, quando os criados quase sem poder falar, de susto e medo, afirmavam pela própria salvação, que tinham visto sua ama repousando no leito de doente como era de costume. Seguiram todos para o quarto da doente. A noite já descera e eles, meio no escuro, sentiram algo estranho quando entraram no quarto. Aproximaram-se do leito e pareceu-lhes ouvir alguém a respirar e então notaram que a roupa se mexia, como se a doente quisesse saltar fora do leito. Fugiram na maior confusão, desesperados para se verem longe do quarto assombrado.

Quando se acalmaram, deram ordens para que fossem chamar um padre, contando o que acontecera. O frade que recebeu o recado, como era muito prudente, mandou que um dos criados fosse chamar o sacristão, com a ordem de que ele trouxesse o grande crucifixo de marfim e o candelabro iluminado, que ficava na capela. Assim, pensava ele, os santos objetos, mais a água benta, a hóstia e a estola seriam suficientes para derrotar o demônio.

Protegido dessa forma e cantando os Sete Salmos e orações a Virgem, religiosos e familiares subiram as escadas, dirigindo-se ao quarto da morta, com o sacristão à frente com o crucifixo erguido.

O frade tranqüilizara os filhos e parentes que não se preocupassem com a salvação da falecida, pois suas confissões e sua vida piedosa já lhe garantiam lugar nos céus, e longe da garra do Inimigo das pessoas crentes. Referiu-se ao que os criados tinham visto, como diabruras do Maligno, que ele já se acostumara a enfrentar e sempre com total sucesso. Depois do exorcismo, ele abençoaria a casa e com o auxílio de Deus lançaria uma tal maldição sobre o Maligno que ele nunca mais se atreveria a voltar àquela casa.

Os familiares, à medida que chegavam à porta do quarto da morta, apesar da água benta espargida em profusão pelo vigário, iam-se deixando ficar mais para trás, enquanto o frade e o sacristão, em nome do Senhor, avançavam. Já próximos ao leito, viram, no macaco travestido de mulher, a própria falecida, Dona Derdúllia. Tremendo, rezaram em voz baixa algumas orações, agitaram a cruz, sentindo vergonha do medo que sentiam, além da desconfiança de que não iriam obter bom resultado.

Então, gritando: "*Asperges me, domine; asperges me domine!*" jogaram água benta também sobre o Macaco e este, acordando assustado e com medo de sofrer uma pancada com a pesada cruz levantada sobre ele, passou a guinchar alto e fazer horríveis caretas.

O susto de todos foi tamanho, que o frade deixou cair o vaso sagrado e o sacristão soltou a cruz. Os dois fugiram desabaladamente pela escada. Acabaram tropeçando um no outro, degraus abaixo, até se esparramarem no chão do andar inferior.

Diante da barulhada, do terror do frade, gritanto "*Jesus, Jesus Domine, adjuva me!*" os dois filhos da falecida, seguidos pelos parentes, acudiram, querendo saber o que tinha acontecido. Mas, ambos, frade e sacristão, sem um pingo de cor no rosto, olhos esbugalhados, não precisaram abrir a boca. Suas caras falavam por eles. O infeliz sacristão desmaiou devido ao susto e à queda sofrida. Depois dos representantes da Igreja terem tomado calmantes, o frade falou:

— É verdade, meus pobres filhos, a mãe de vocês foi vista por mim e pelos demais na forma de um terrível demônio, um espírito do mal.

Nem bem ele acabara de falar e o pretenso "espírito do mal", muito assustado, descia rápido e aos pulos, pelas escadas, querendo fugir. Não houve tempo para ninguém se esconder e já o Macaco saltava na frente deles, vestido com as roupas da velha senhora, inclusive com o lenço na cabeça, tal como ela usava. Desnorteado, foi para o meio dos presentes, pregados ao chão pelo terror, em total silêncio. Todos aguardando o pior que estaria para acontecer. Na verdade, na confusão de sustos, as rugas do Macaco faziam lembrar as do rosto da falecida e a sua seriedade naquele momento tornava maior a semelhança. Como sabemos, as fortes emoções, o pavor, o terror fazem-nos ver coisas assombrosas. Foi o que aconteceu. Mas não levou mais que alguns segundos (que pareceram séculos) até que um dos filhos da Dona Derdúllia, reconheceu o brincalhão e costumeiro visitante da casa.

Então as rezas e o medo foram de repente substituídos por gargalhadas; e o Macaco, causador de tanto susto, recuperou sua alegria e continuou com suas momices[1]. Mas não queria, por nada, desfazer-se daquelas estranhas roupas, ameaçando todos que se aproximavam, querendo tirá-las dele. O jeito foi deixá-lo voltar, assim vestido, para o palácio, onde o duque e os demais moradores o receberam com grande alegria. Aliás, ninguém pensou em castigá-lo pela macaquice feita — nem os filhos da falecida. Todos sabiam que as confusões armadas por ele tinham sido involuntárias e que fora a sua afeição pela velha amiga que se fora, que o levara a querer reaproximar-se dela, através de suas roupas e suas coisas...

1 Caretas.

Tia Miséria

Desde que o mundo é mundo, as histórias sobre miséria e morte vêm sendo contadas e sempre seduzindo seus ouvintes ou leitores. É o caso de "Tia Miséria" que já o avô do avô de meu avô contava e que vou contar pra vocês, esperando que gostem.

Bem no comecinho do mundo, vivia sozinha em uma tapera, uma velha bem velha, pobre muito pobre. Por causa dessa pobreza e solidão, a anciã era uma das pessoas mais infelizes do lugar. Todos a chamavam de Tia Miséria. A única coisa boa em sua vida era uma pereira que nascera em seu estreito terreiro, talvez porque algum pássaro deixara cair ali uma semente da fruta e a mãe terra, generosa como sempre, acolheu-a em seu seio. A sementinha que germinou forte, cresceu viçosa e transformou-se em uma frondosa pereira. Era dela que a anciã se alimentava, apanhando e saboreando as deliciosas frutas.

A velha era pessoa de grande resignação e sofria tudo com paciência e sem imprecações ou lamentos. Havia, porém, uma coisa que tirava sua paciência ou que ela não desculpava, nem perdoava: era o fato de os moleques, às escondidas, invadirem o seu terreiro, subirem na ávore e lhe roubarem as pêras. Não que ela fosse unha-de-fome, sovina. Não, absolutamente não. Ela era capaz até de dar todas as frutas, sem negar uma única que fosse, se lhe surgisse alguém ainda mais miserável que ela. Mas, roubarem-lhe as frutas, isso não. Ficava tomada de indignação. Corria atrás dos ladrõezinhos, gritando: "— Um dia vocês me pagam, pois assim como há um Deus no céu, justiça será feita na Terra!"

O tempo foi passando. Certa noite, bateram na porta e foi atender. Era um menino pobrezinho, roupa rasgada, magricela, faces sem cor. Só de olhá-lo, a tristeza tomava conta da gente. A velha apressou-se em abrir a porta, fez entrar o pobre menino e como ele estava com fome, deu-lhe uns restos de pão que tinha guardado para comer, quando a fome chegasse. Ofereceu-lhe também um pedaço de sua esteira para dormir.

O dia amanheceu e o pobrezinho, ao se despedir da velha, agradeceu muito e lhe disse: "Peça o que quiser, pois lhe será concedido". A Velha surpreendeu-se, mas rapidamente pediu: "Quero só uma coisa: que todos aqueles que subirem na minha pereira, não possam descer sem minha permissão — que fiquem ali prisioneiros". O pobrezinho acenou com a cabeça e foi-se embora.

No outro dia, quando ela saiu e olhou para a pereira, viu três meninos presos nos galhos. Quando a viram, começaram a gritar:

— Oh! Tia Miséria, a senhora rogou alguma praga? Faz hora que tentamos descer desta pereira e não conseguimos! Tire a gente daqui, pelo amor de Deus!

— Ah! Peguei-os! Vocês não viviam dizendo que não eram os ladrões das minhas pêras? Aí está a mentira. Por esta vez deixo passar. Mas se voltarem a subir na minha pereira hão de ficar muitos e muitos anos nos seus galhos, pois não os livrarei.

Claro que eles aprenderam a lição e não mais tentaram. Passou-se o tempo, até que um dia estava a Velha descansando, quando lhe entrou pela casa adentro uma estranha mulher — medonha, de aspecto horrendo, vestida de negro e com uma foice segura pela mão, virada para cima e apoiada numa de suas asas. Ah! esquecia-me de dizer que a tal mulher tinha asas negras nos ombros e nos pés. Que estranho, não?

— O que deseja de mim? perguntou a Velha a tremer.

— Sou a Morte, vim buscar-te.

— Já? Nem ao menos me dá um pouco de tempo para eu me preparar?

— Não pode ser, respondeu a Morte.

— Está bem — disse a Velha — mas antes faça-me pelo menos um favor: suba na minha pereira e apanhe-me a última pêra que me resta. Quero comê-la, como despedida desta vida.

A Morte concordou. Subiu na árvore, colheu a pêra, mas quando quis descer, não conseguiu. Ficou aflita e começou a chamar a velhinha. Como esta demorava a aparecer, passou a gritar e gritar. A Velha abriu a porta, olhou a Morte presa nos galhos e respondeu:

— Tenha paciência. Você ficará aí para sempre. Você é muito má, tem causado muita desgraça, roubado muitos pais aos seus filhos, deixando crianças ao desamparo; tem espalhado a dor pelo mundo...

A Morte gritou até ficar rouca, mas de nada adiantou; parecia colada aos galhos da pereira. E o tempo foi passando, passando e aos poucos, ao se espalhar a notícia de que a Morte fora aprisionada pela Tia Miséria, começaram a chegar reclamos de toda parte. Em frente à tapera da Velha, aos poucos foi-se formando um verdadeiro batalhão de padres que se lamentavam por não haver agonizantes para receberem a extrema unção, nem havia enterros para serem abençoados; escrivães dos cartórios se queixavam de não terem mais inventários para fazer; delegados se lamuriavam por não terem mais causas de adoção de órfãos; juízes que se lastimavam por não terem mais inventários para lavrar e não receberem mais pagamentos por presidirem conselhos de família, nem presidências em ações de licitação, nem sentenças de demarcações etc. etc. etc. Enfim uma multidão de gente, que se sentia prejudicada, se apinhava em frente à casa da Tia Miséria, pedindo a liberação da Morte: que ela descesse da pereira e continuasse a cumprir sua missão. Mas a Velha ficou firme: "Não, não e não!"

O tempo foi passando, até que a Morte resolveu fazer uma proposta:

— Senhora Dona Miséria, prometo poupar-lhe a vida enquanto o mundo for mundo, desde que eu possa descer desta pereira. A Velha, então, deu-lhe a permissão tão rogada e desejada por tanta gente.

A Morte desceu.

A Velha não morreu.

É por isso que, enquanto o mundo for mundo, a Miséria continuará a existir sobre a Terra.

Boi Misterioso

História de mistérios e encantamentos é o que não falta na memória popular. O caso do bezerro misterioso, que foi criado por uma fada, dizem que aconteceu durante uma seca medonha que assolou o sertão pernambucano. Contam que, nessa época, havia sumido uma vaca da Fazenda de Santa Rosa. Era uma vaquinha fraca, que nem nome tinha. Um dia ela desaparecera e já fora dada por perdida ou morta, na secura da estiagem. Mas vai quando, num dia seco e cinzento, ela apareceu no curral. Vinha prenhe e dela nasceu um bezerro forte, grande e luzidio, no qual ninguém pôde colocar a mão. Chamou a atenção de todos e logo, logo, a vaca e a estranheza de seu bezerro se tornaram mote dos cantadô:

Dela nasceu um bezerro
Um pouco grande e nutrido
preto da cor de carvão,
o pêlo muito luzido
representando já ter
um mês ou dois de nascido.

Na noite do nascimento, um vaqueiro da Fazenda, que tudo presenciara, foi à casa grande e deu notícia do acontecido ao Coronel, que respondeu:

— Se nasceu, deixe crescer.

O bezerro cresceu, cresceu. Virou um boi grandão, porém tão ligeiro e esperto que ninguém conseguia laçar.

Os vaqueiros cavalgavam suas melhores montarias, mas nenhum conseguia pegá-lo.

Até que um dia, quem tentou laçá-lo foi o Zé Preto do Boqueirão. O nome lhe vinha da cor, era negro luzidio, muito orgulhoso de suas origens e de ser excelente vaqueiro. Sua fama de laçador e grande amansador de boi correra longe, por todo o sertão. Pois foi Zé Preto quem mais perto chegou do ligeiro bezerro. Agarrou-lhe o rabo, mas não o derrubou. O bezerro escapou. Derrotado, Zé Preto ficou tão escabreado que, muito triste, chorou, chorou. Coisa que cabra-valente não faz.

Foi daí que Zé Preto espalhou, pra todo mundo, que esse bezerro era filho de um gênio e foi criado por uma fada. Chegando ao Coronel Sizenando, afirmou que esse era um bezerro misterioso. Nascera cercado de encantos e que, dificilmente, seria apanhado ou laçado. Mas os vaqueiros se sentiram desafiados, e fizeram um trato: no dia em que a Fazenda de Santa Rosa passasse a ser arraial (ou povoação), como estava previsto, eles domariam o Boi Misterioso.

Assim foi que, no prazo estabelecido, a fazenda se tornou arraial. Houve muita festança. E os vaqueiros acertaram que, na noite de Natal, aconteceria a grande pega do Boi Misterioso, filho de gênio e criado por fada. Foi quando surgiu na fazenda um vaqueiro de Minas Gerais que, ao chegar, foi logo dizendo:

> Vim porque soube
> da existência aqui
> de um boi mandingueiro.

O fazendeiro, empenhado nessa doma, houve por bem oferecer um prêmio a quem vencesse o Boi Misterioso: um relógio, um anel, três contos de réis em ouro, prata ou papel. Era, além do desafio do boi, uma grande recompensa. Teve início a caçada, os vaqueiros pelejando com todas as artes e manhas que cada um tinha. Mas o bezerro sempre se esquivando.

Chegando a vez do valente vaqueiro mineiro — que zombara do Boi Misterioso, chamando-o de garrote — também foi grande decepção. Em seu galope, chegou bem perto, mas o Misterioso se embrenhou no mato e fugiu. Foi quando aconteceu algo extraordinário: o boi entrou na caatinga e o vaqueiro atrás, mas acabou se enredando num tremendo cipoal. Este parecia um labirinto sem fim, pois quem nele penetrava, nele se perdia. Então, foram ouvidos estalos medonhos que, repetidos, foram ouvidos, muito e muito além. O bezerro desapareceu. O vaqueiro derrotado e envergonhado, nem pensou mais em voltar para Minas Gerais. Passaram-se dezesseis anos. Foi esse o tempo que o bezerro permaneceu desaparecido. Não havia nem sinal dele, até que foi esquecido e não se falou mais no caso.

Pois foi quando, de repente, o bezerro, agora transformado num forte touro, reapareceu. Foi Zé Preto que noticiou que vira o Boi Misterioso.

Recomeçou a caçada: vaqueiros de Minas, Mato Grosso e de muitos outros lugares se empenharam na busca. Foi um vaqueiro de Mato Grosso — montando um cavalo franzino, pequenino, preto, de altura pouca, mas por demais rápido — quem mais enfrentou o Boi Misterioso. Vaqueiro e Boi pareciam brincar de esconde-esconde. O Boi aparecia, o vaqueiro se achegava, lançava o laço e o Boi sumia. A cena do aparece-desaparece demorou um tempão. Realmente o danado do Boi tinha algo de encantamento. Mas até hoje não se sabe quem mais famoso ficou nas cantigas da época: se o Cavalo Franzino, que se tornou um herói cantado e louvado pelos melhores cantadô, ou se o Boi Misterioso ou Mandingueiro nunca laçado ou derrubado. Acabou sendo verdade verdadeira, o que Zé Preto sempre afirmou: "O Boi era filho de um gênio / E criado por uma fada".

Zé Preto, que também ficou famoso, dizem os cantadô:

> Zé Preto Valente é
> do sertão de Quixeló,
> Vaqueiro do Coronel,
> dono da Santa Rosa,
> Zé Preto Valente é,
> Dotô preto, formado,
> Rei da derrubada dos toro,
> É vigário da matriz
> Tanto fala como cala,
> Como sustenta o que diz.

O que são "crônicas"?

Tem gente que conta um fato do cotidiano de uma tal maneira que temos a impressão de o estar vivenciando também. Os cronistas têm essa capacidade. Retratam com grande sensibilidade fatos do cotidiano.

Nas crônicas, os autores usam o humor e a criatividade para dar um "colorido" aos acontecimentos aparentemente comuns. Valem-se de uma linguagem simples e direta, com jeito de conversa fiada. Mas é preciso ser muito bom para conseguir tratar a realidade de uma forma singela e tocante.

Lourenço Diaféria é um dos mais importantes cronistas da atualidade. Neste livro, ele divide conosco algumas de suas crônicas mais saborosas.

Divirta-se com elas!

LOURENÇO DIAFÉRIA

Memórias de ontem

Não sei se vocês gostam ou não das histórias de ontem, que seus avôs ou tios viveram e costumam contar. Espero que sim, pois conhecer o que outros viveram antes de nós, ajuda a entender melhor a vida. Podem crer: viver não é fácil... e vocês estão no começo da jornada. Por isso o bom é irem desde já descobrindo e curtindo os momentos divertidos que ela nos oferece... Eu já vivi ou fui testemunha de um monte deles. Vocês sabiam que a vida de jornalista ou de cronista — que sempre foi a minha — é viver espionando tudo à sua volta? Pois saibam que é desse espionar que nascem as notícias que enchem os jornais.

Mas vamos aos fatos que aqui nos interessam: escolhi para vocês algumas crônicas que registram acontecimentos que vivi, pessoas ou bichos que conheci num "ontem" não tão distante assim — num São Paulo que existiu antes da chegada da TV, dos *videogames*, da Internet e da velocidade em que se vive hoje. Ao lê-las, talvez vocês descubram uma das verdades da vida: o mundo *por fora* vai mudando de forma e costumes, mas o ser humano, *por dentro,* não muda nada. Desde que o mundo é mundo, os homens têm os mesmos desejos, sonhos, raivas, amores ou ódios, alegrias ou tristezas... pois tudo isso faz parte da própria natureza humana.

Vamos às crônicas!

Memória de Reco

Nem sei por que lembro sempre do Reco, um vira-lata que apareceu lá no quartel, quando eu era recruta, e acabou ficando e fazendo parte de nossa rotina. Como qualquer quartel, o nosso estava preparado para uma eventual guerra, a qual felizmente estava fora do pacífico calendário de atividades cívicas e militares. Nosso Regimento de Infantaria, como a própria denominação explica, era constituído basicamente de pedestres. Claro, havia alguns caminhões, vários tanques com canhões de combate, granadas, fuzis, binóculos, miras telescópicas e outros petrechos bélicos. Mas o grosso da tropa era formado por soldados que passavam o dia treinando, a pé, para o desfile apoteótico do 7 de Setembro, o Dia da Pátria. Esse exercício chamava-se — creio que ainda se chama — marcha unida. Entre direita e esquerda volver, ordinário, marche, olha à direita, companhia, alto!, o tempo escorria sem sobressaltos, até que se ouvia o som da corneta convocando a tropa para o almoço. O almoço, que certos almofadinhas e filhinhos-de-papai apelidavam de "gororoba", era no "rancho". Mas, queixando-se ou não do tempero, que não tinha nada de caseiro, comiam e vários até lambiam os beiços.

No Regimento havia um bicão. Não tinha se alistado, não usava farda, não saía para marchar, não batia continência, nem mesmo era considerado auxiliar das Forças Armadas. Era um quadrúpede, cachorro preto e branco, orelhas caídas, patas curtas, focinho longo: era o Reco. Ignorava-se como o canino se integrara no batalhão. Era um vira-lata, tipo de animal sem procedência, sem parentesco conhecido, sem *pedigree*, que os veterinários classificam de "s. r. d." (sem raça definida). A princípio arredio e desconfiado, aos poucos aproximou-se da cozinha da caserna, tornou-se amigo de todos nós. Passou a saborear restos do grude das refeições, engordou. Por fim, acompanhava a marcha da tropa (um-dois, um-dois) com as quatro patas.

Quando o sargento corneteiro tocava "companhia, alto!", ele estacava. Ficava em posição de sentido (bem entendido, sentado). Mas bastava ouvir a ordem de "descansar" para coçar as pulgas. Tão disciplinado era que foi promovido a Reco. Reco é o mesmo que recruta. "Reco" passou a ser seu nome de guerra (ou antes, de paz).

Consta que cachorro não vive muito além de 12 anos, se bem que há casos de *dogs* que chegam até os 16. Não sei se Reco chegou a essa longevidade físico-militar. Recebi baixa há muitos anos. Reco deve ter falecido e ido desta para melhor. Mas até guardo comigo uma fotografia dele a meu lado. Sou aquele rapazinho de cabelos curtos, gandola verde, coturnos pretos. O outro é o Reco depois de pegar gororoba no rancho do quartel.

A Lola, com carinho

O pai garantira que naquele sobradinho cachorro não entraria nunca mais. Bastara o sofrimento do vira-lata preto que durara quinze anos — calculem a idade provecta[1] do falecido — e não suportara o tumor maligno que o levou desta para melhor. "Chega!" — disse o pai. — "Pra mim chega! Não quero animal padecendo!"

Ver cachorrinho enfrentar doença não é mole. Certas horas a família toda, menos o caçula, se conformava com que o coitado se fosse. E foi. Amanheceu hirto[2], sem gemidos. Houve choros. Mesmo seu Algemiro, com panca de durão, saiu disfarçando que estava com coriza, foi assoar duas lágrimas furtivas que escorriam pelo nariz. No começo tudo bem. Era a vida do cachorro que havia pifado. O quintal sem cachorro parecia agora um quintalzão dos tempos de antanho[3].

---

1 Avançada.

2 Imóvel.

3 Antigamente.

Aí sucedeu o inesperado nos planos da família. Tio Elesbão — isso aí é nome de tio? — que não dava notícias fazia um século, não aparecia nem em festinha de aniversário, toca a campainha da casa e vai entrando com uma caixa de papelão com uns dez furos na tampa. Anunciou:

— Trouxe um presente pro Miguelzinho!

Falou todo se rindo, alegre, como se sua chegada não fosse a maior surpresa do mundo, mal esperou ser abraçado e beijado pelos sobrinhos, pela irmã, pelo cunhadão. Antes que lhe perguntassem o que era o pacote, abriu a caixa com o maior cuidado, com as duas mãos grossas, ásperas e peludas de motorista de caminhão estradeiro, que vivia levando e trazendo carga pesada por esses mundões da vida, segurou uma cachorrinha bassê cor de canela. Uma lindeza de filhote. As orelhas cobriam os lados da cabeça, o focinho longo farejava a casa, o rabo fino desproporcional ao tamanho do corpo, toda ela parecia um brinquedinho vivo. "Fêmea", comentou a mãe, imaginando quando a cachorrinha desse cria o que iria acontecer. Mas o futuro a Deus pertence, como diz o povo.

Foi assim, totalmente contra os planos dos pais, mas com o maior entusiasmo das crianças, a começar pelo deslumbrado filho mais novo, que a bassê foi aceita na casa de quintal minúsculo com o nome de... Ninguém entrava num acordo quanto ao nome. A mãe, já aceitando a hóspede imprevista, sugeriu Pipoca, afinal a cachorrinha não parava de pular. Alguém propôs Florzinha. Tio Elesbão lembrou Tuca, Flanela, Nina.

Fechou a questão seu Algemiro:

— Vai ser Lola.

Não revelou, mas era vingança. Dona Lola, a loira oxigenada e com buço, secretária do patrão na empresa em que ele moleque trabalhara como *office-boy*, vivia mandando-o buscar pingado com pão e manteiga no bar no outro lado da rua. Ele obedecia se roendo. Agora, tantos anos depois, ia à forra. Mas olhava Lola com carinho.

As faces manhosas da bola

A bola é um planeta redondo com manias. Cartomantes e horóscopos já se deram mal ao tentar adivinhar o que a bola pensa do homem-do-placar. Não sabem que a bola é imprevisível, plena de caprichos. Mesmo as bolinhas de gude, supostamente ingênuas, de vidro colorido, que a onipotência da criança imagina domar com o indicador e o polegar, até essas aprontam. Bola é difícil de entender. Pode chutar de bico ou de três dedos, pode matar no peito, pode rezar em cima dela, pode cuspir nas luvas de goleiro, a bola sempre acaba fazendo o que bem entende.

De todas a bolas a mais volúvel é a bola de futebol. É por isso que nenhum cara descobre de véspera, seja no vestiário, seja na reunião da diretoria, seja no treino, seja no retrospecto da tabela, o que a bola premedita. Mesmo em jogo de compadre, jogo amistoso, se a bola refuga, não tem combinação que resista.

A regra determina o formato, a cor, o tipo de pele, o peso, a pressão de seu peito inflado de ar, o desenho dos gomos. Pode-se saber a procedência. Esta vem do Paquistão. Outra é costurada no Carandiru. A bola não dá bola para a geografia. Contudo, todas se combinam nas faces ocultas.

A bola de futebol é mais misteriosa. Tem segredos nos pulmões, nos bofes, nas vísceras, no ventre, guardados com lacre e cadeado. Nem o árbitro com sua empáfia, com seu apito que dita o certo e o errado e pensa que é a maior autoridade do estádio; nem a torcida, que ulula, braceja, pula, pulsa e grita; nem os cartolas; nem as bandeirinhas de escanteio; nem os vendedores de amendoim e cerveja; nem os gandulas; ninguém sabe o que a bola de futebol vai aprontar na hora da correria.

A bola é a figura discreta e muda que sabe desde anteontem, antes que o técnico escale o time titular e o banco de reservas, o resultado da peleja, da pugna, da luta, da partida. A bola é quem decide se valeram o esforço, a pena, o suor, o cansaço, a labuta, a lama da camisa, os fios de grama arrancados pelas travas da chuteira.

Em torno da bola, nas suas cercanias, tudo são dúvidas. A bola é a única criatura no campo que tem certezas. Mas ela disfarça. Dissimula. Finge. Malicia. É da sua natureza encher-se de astúcia. Dramática, cômica, inventa cacos e enredos. Com bailado tenso segura a emoção do jogo como quem conduz pelas crinas mil cavalos doidos. E enquanto alegra e dilacera o público, o faz de fantoche.

Mesmo parada, quieta, sossegada, aguardando o chute, o tiro livre, o arremesso, o início da partida, a bola sabe, antes que todos, antes que o primeiro combatente caia de bruços e o socorra o massagista, antes que os gnomos do imprevisto inventem táticas, a bola sabe se vai beijar as traves, dormir na rede, fugir do controle na linha lateral, escapulir dos prognósticos, encher as ânforas dos risos e das lágrimas, matar de sustos as manchetes antecipadas, ou, simplesmente, fazer de palhaço e escravo quem a tinha cativa no gol feito, e, por pirraça, por desfeita, voar, liberta de suspeitas, na direção das nuvens, transformando em uhhhhhhhs! A ansiedade da galera e o suspiro dos ventos.

Ai! A bola!!!!

Vôo de mosquito em chão de pedra

Para subir na profissão, não basta ao goleiro ter sorte. É preciso se adaptar ao progresso. Digo isso, me lembrando do Mosquito, goleiro temido pelos moleques adversários do nosso time nas "peladas" na Rua Alegria. Claro que vocês não conheceram a Rua Alegria de ontem, a que ainda não era asfaltada como hoje, mas de terra socada, poeirenta, mas ideal, para a prática do nobre esporte da "pelada", que era a grande paixão de todos nós.

A Rua tinha dois ou três moradores importantes: Dona Valquíria, que possuía telefone, circunstância que a tornava uma criatura de dupla personalidade. Uma hora era gentil, cordata, prestativa, cedendo o aparelho aos vizinhos para recados urgentes. Outra hora era uma víbora. Por qualquer bulha[1] diante de sua casa, ameaçava chamar a rádio-patrulha pelo bendito telefone. Era proibido jogar pelada diante de seu muro domiciliar. Não era uma mulher confiável.

Havia ainda o Professor. Pessoa tranqüila, que parecia estar sempre com sua cabeça calva lá nas nuvens. Dividia sua solidão com uma parede da sala coberta de livros, os quais a gente via da rua, através da vidraça da janela. O Professor não implicava com ninguém. Menos ainda com as "peladas", mas a presença de seus livros, ainda que mudos, afastava a molecada. A última coisa que passaria pelas nossas cabeças seria continuar chutando bola quando o Professor estivesse caminhando pela calçada, todo de terno, com um livro grosso aninhado na axila do paletó. O jogo era interrompido. E quando o Professor já estava a salvo, a partida era reiniciada com arremesso lateral pelo jogador que estava com a bola no momento da interrupção. Essa era uma das regras da "pelada" na Rua Alegria.

Mosquito, o goleiro, era filho do seu Oliveira. Foi da profissão do pai, que lhe veio o apelido: era fiscal da Saúde Pública, que vigiava as águas paradas e ia de casa em casa borrifar veneno contra insetos, transmissores de doenças. Seu Oliveira era mata-mosquito. De modo que o apelido do Mosquito não podia ser outro. Além disso, ele parecia mesmo um mosquito: magro, pequeno, leve, ágil, irrequieto. Jogava no gol.

Ao vê-lo, ninguém, dizia que aquilo daria para goleiro. Contudo, ele era demais, era o melhor goleiro da rua.

---

[1] Gritaria.

Bola passar por ele era a coisa mais difícil do mundo. Como a "pelada" dispensava traves, Mosquito determinava se uma bola tinha sido alta demais ou se encaixara-se nos limites do espaço imaginário do gol.

Apesar de a posição exigir-lhe denodo e esforço acima de sua estatura, Mosquito conseguia a proeza de voar e fazer defesas impossíveis, embora à custa de esfoladuras nos joelhos e braços. Numa das raras fotos que guardo do time, Mosquito aparece em pé, quase na mesma altura dos outros. Foi uma montagem, um truque: Mosquito subira numa caixa vazia de gasosa.

Mas a carreira de Mosquito terminou de forma prosaica, sem glória. Na primeira "pelada" em comemoração ao calçamento da Rua Alegria com paralelepípedos (acontecimento que foi considerado pelos moradores como grande progresso para o bairro), Mosquito pretendeu fazer, no chão de pedra, as acrobacias que fazia no gol de terra batida. E fraturou a clavícula. Por sorte, foram correndo avisar Dona Valquíria e ela telefonou para a ambulância vir socorrer o menino. Nesse ponto, Dona Valquíria tinha bom coração. Mas depois alguém ouviu que ela comentava com o vizinho: "Vamos ver se agora esses pestes param de atormentar a rua com essas peladas".

Ai, o progresso! Mosquito que o diga...

Este livro foi impresso na
LIS GRÁFICA E EDITORA LTDA.
Rua Felício Antonio Alves, 370 – Bonsucesso
CEP 07175-450 – Guarulhos – SP – Fax.: (11) 6436-1538
Fone. (11) 6436-1000 – e-mail: lisgrafica@lisgrafica.com.br